Souvent,

pour des raisons de grandes personnes
que je ne comprends pas,
on m'envoie chez les uns ou les autres,
un moment, un jour, quelquefois plus longtemps.
Je ne choisis pas : c'est comme ça.

Chez Elle

par exemple,
je déteste aller ! sans exagération.
Alors, quand on m'y oblige,
je suggère

chez elle, l'autre

parce que...

chez elle,

je sais que là, on m'y attend impatiemment,
quels que soient l'heure et le moment.

chez elle,

immanquablement,
c'est ensemble qu'on passe le temps.
Comme elle ne peut plus bien courir ni sauter,
et qu'on ne peut non plus
pas toujours aller se promener,
souvent on lit, mais en jouant,
pas comme à l'école sérieusement, non !

On invente des histoires, une autre à chaque fois,
faites de pages prises à tour de rôle,
obligatoirement au hasard, dans l'amoncellement
des livres, plus ou moins récents.

On mélange alors tout ;
les phrases, les noms...
il y a des fois même
un peu d'anglais ou d'allemand !
qu'elle me traduit, évidemment.
C'est sans queue ni tête, bien sûr...

Mais, ça me plaît toujours autant !

Il était une fois un Bûcheron et une Bûcheronne, qui avaient sept enfants, tous Garçons. L'aîné n'avai que dix ans, et le plus jeune n'en avait c sept. On s'étonnera que le Bûcheron tant d'enfants en si peu de temps c'est que sa femme allait vite en besogne, et n'en faisait pas moins de deux à la fois.

Ils étaient fort pauvres, et leurs sept enfants les incommodaient beaucoup, parce qu'aucun d'eux ne pouvait encore gagner sa vie. Ce qui les chagrinait encore, c'est que le plus jeune était fort délicat et ne disait mot, prenant pour bêtise ce qui était une marque de bonté dans son esprit. Il était fort petit, et quand il vint au monde, il n'était guère plus gros que le pouce, ce qui fit qu'on l'appela le Petit Poucet.

Un so

que le Bûc

Il les tira de dessous le lit l'un après l'autre. Ces pauvres enfants se mirent à genoux en lui demandant pardon ; mais ils avaient affaire au plus cruel de tous les Ogres, qui bien loin d'avoir de la pitié, les dévorait déjà des yeux, et disait à sa femme que ce serait là de friands morceaux lorsqu'elle leur aurait fait une bonne sauce.

Il alla prendre un grand Couteau, et en approchant de ces pauvres enfants, il l'aiguisait sur une longue pierre qu'il tena sa main gauche. Il en avait déjà empo un, lorsque sa femme lui dit : « Que lez-vous faire à l'heure qu'il est ? n'aurez-vous pas assez de temps demain matin ? – Tais-toi, reprit l'Ogre, ils en seront plus mortifiés. – Mais vous avez encore là tant de viande, reprit sa femme : voilà un Veau, deux Moutons et la moitié d'un Cochon ! – Tu as raison, dit l'Ogre ; donne-leur à souper afin qu'ils ne maigrisse va les mener coucher. »

ient éloignés de
nt son habitude,
nt un peu dévié,
igeable atteignit
e se fâchait pas,
ui taper dessus !
le croiriez-vous,
Il chemina longte
Toute une armée
Ivan s'écria : s'il
Il en restait un qu
Max Moritz
schon mit viel Bergnügen
n Sie die Berezeln liegen
bricht der Stuhl entzwei
p! Da liegen Sie im Brei
quand il dis
un rien
ER BEEN KNOWN TO MISS A THROW

D'après une gravure du Moyen-Age
chef d'expédition
Revêtement en peau
Expérience de plongée à l'époque d'Alexandre le Grand
Armature en bois
Pierre servant de lest
Un combattant sous-marin
en 1532
Arme contondante
Arbre à vis
Appareil destiné au levage des charges lourdes
TRAI
En plongeant une cloche de métal dans l'eau, on y emprisonne une certaine quantité d'air.
Naturellement ce système ne permet que des plongées de courte durée.
1678
cloche de plongée
lesté de pierre.
2
Simon

Mart
Petit passereau au
plumage brillant
qui se ti
pēcheur
t que le Petit Poucet entendit ron-
gre, il réveilla ses frères, et leur dit
biller promptement et de le suivre.
endirent doucement dans le Jardin,
èrent par-dessus les murailles. Ils
nt presque toute la nuit, toujours
mblant et sans savoir où ils
. L'Ogre s'étant éveillé dit à sa
« Va-t'en là-haut habiller ces
rôles d'hier au soir ! » L'Ogresse
étonnée de la bonté de son mari, ne
nt point de la manière qu'il enten-
elle les habillât, et croyant qu'il lui
ec rapidité
etit poisson
ne
cu...
COWBOY
CAPE THAT SNAKE LIKE COIL

VEMB
Il alla droit à la m
trouva sa femme qui
filles égorgées. « Vot
Poucet, est en gran
pris par une troupe
de le tuer s'il ne leu
tout son argent. Dar
tenaient le poignar
aperçu et m'a prié d
l'état où il est, et
ner tout ce qu'il
retenir, parce qu'
sans miséricorde
beaucoup, il a v
bottes de sept lieu
diligence, et aussi
pas que je sois un
La bonne femm
aussitôt tout ce qu
ne laissait pas d'
qu'il mangeât les
Poucet, étant do
richesses de l'Ogr
son père, où il fut
bien de la joie.
Adèle
et voilà, sé fini, ni ni
poil
quiqui

DECEM

chez elle,

on fait aussi des jeux, et on rit,
on rit souvent ! ou alors on discute,
sans toujours être d'accord :
mais c'est normal,
on n'est pas deux enfants !
je l'aime bien.

Mais,

ChezElle !!!

Quand je ne peux plus faire autrement que d'y aller,
je me plains du ventre, de la tête,
et pour abréger le moment obligé,
je traîne en y allant le plus possible les pieds.
Une chose est sûre et tout le monde le sait :
je ne veux plus y coucher !

ChezElle

c'est très grand, et pourtant...
Si on joue, on la gêne, lui parler, c'est l'ennuyer...
surtout, surtout il ne faut rien toucher !
Elle passe ses journées à se regarder, à essayer :
des robes, des chapeaux d'hiver ou d'été,
des chaussures à bouts ronds, vernis, des bottes à lacets,
elle en a même qui ont des diamants !

Elle adore les tissus doux, transparents,
elle a des fourrures à poils ras ou longs...
Elle vit devant son miroir, vérifie sa bouche,
un œil, regarde ses seins, ses mains...

l'allure ?.. oui ?.. tout petit m
ma chérie ?.. mais non, R
ce n'est pas important,.. pas
c'est plus joli, ravie ?... les on
rien ?.....bien sûr en taxi, m
vraison, mais ici, ...
l'Italie.. et lui ?.. près d
serait pas de la mesqu
t'a rien dit ?.... bou
appelle-moi ?.. Au
... et l'astral
comme mo
aux am
devan
ce bo

trakan, juste les
trop voyant ?..
n, cet après-
erait pas de
vecin, c'est plus
ans beurre, je te le
s d'aquarelle plus
sa mère a-t-elle de
trop voyant ?...
devant, tu dis ?
e, du clavecin

moi, tu dis ?... et l'astrakan,
juste les
ce bouton, regarde, pas trop vo
yant?..
ma chérie ?.. ici, la livraison, ce
t après-
hors de prix ?.. ce ne serai
t pas de
non ! du clavecin, c
'est plus
?.. sans beurre
je te le
d'aquar
elle plus
mère a-
t-elle de
trop voy
ant ?...
devant,
tu dis ?
que, du c
lavecin

l'allure ?
ma chérie
ce n'est pa
c'est plus
rien ?....
vraison,
l'Italie...
serait pas
t'a rien dit
appelle-moi
... et l'astrak
comme moi
aux aman
devant
ce b

juste les
yant?..
t après-
it pas de
est plus
, je te le
elle plus
t-elle de
ant ?...
tu dis ?
clavecin

Chez Elle

il y a des bouquets partout,
toujours des fleurs splendides, ça c'est vrai ! je le reconnais,
mais aussitôt achetées, pas même fanées, déjà jetées…

On reste là, sans parler, à l'écouter…

Alors que

CHEZ EUX…

Elle **en aurait la tête à l'envers !**

Chez eux, c'est tout le contraire...

Tout est immense
et il y a des mouches,
des mouches partout !
ça sent aussi et ça sent tout.
Là-bas, j'ai un nez pour autre chose
que de me moucher !...
ça sent le bois, les cochons,
les vaches et l'huile des engins,
l'écurie, les poules, le foin...
la paille, les moutons, le lait
et le chien...
Le dimanche : le sang et
le lapin... ça, j'aime moins.

Ensemble on va
aux champignons : il y en a
plein, c'est des saignants.
C'est à cause de leur jus
qu'ils portent ce nom.
Ils sont bons.
On parle peu mais il faut
parler fort, il y a toujours
des bruits, dedans, dehors :
l'accordéon, la moissonneuse,
et pour comprendre,
je dois faire de gros efforts !

Pour….oi ?
lapin…

Il y a aussi les balades :
le marais, les myrtilles, les sapins et
les chardons, la bruyère et les
framboises, le crottin… on voit aussi
le ciel, et ça, c'est pas rien…

.....era bon
av..c
cham...gn
...orêt.

cassé?

ai…
… ein !

Vrai qu'avec
ce tabouret
qui n'a qu'un pied,
difficile de
ne rien renverser...

On me laisse tout faire,
ou presque... essayer
tout au moins :

relever les œufs, rentrer
le cheval, couler la crème...
planter des pois... traire, c'est
ce que je préfère !
la tête appuyée contre le flanc
de la bête...

J'en ai des fois des crampes
dans les mains !!!

ract......r...
eule c....duire
r...ntrer....paille
gran.....
......toute......
....l'heure....
........à....l....ma....son....
pas...tro...tard.

Je conduis aussi le tracteur,
enfin, je tiens le volant...
et seulement quand on est
au milieu d'un champ...

EUX **aussi,**
je les aime bien.

Enfin, CHEZ LUI,

CHEZ LUI,

ça n'a rien à voir !
c'est plus que différent...
et pourtant j'y apprends autant de choses,
mais sans comparaison,
tout simplement.

Il y a d'abord l'odeur,
celle de son tabac :
pour moi, la sentir, où que je sois,
c'est savoir qu'il est là...
Ensuite et c'est très important,
il y a des choses là,
qui n'existent pas,
non parce qu'il les ignore,
mais qu'il n'en veut pas :
par exemple, les moments lourds,
pesants, les cris,
et pourtant...

Il vit entre son piano,
ses peintures et ses dessins,
il a aussi des gravures, plein...

Alors là ! là !
j'y cours tout en dansant !
et plutôt trois fois qu'une, sans hésitation !!!

嵐鶴三郎

LA PUCE
Allegretto
Fa
Fa M
U - ne pu - ce gen
Com - me sa pro - pre
Do
Sol 7
Do M
Fa
un prin - ce lo - geait ;
brave hom - me l'ai - mait ,

Si b M
La M
La M
Et l'his - toi - re l'as - sure : A son tailleur
Sol Do Do 7 Fa M
dre - me - su - re Pour
1
Une puce gentille
Chez un prince logeait ;
2
L'animal fou de joie
Dès qu'il se vit paré,
D'or, de velours, de soie
Et de croix décoré,
Fit venir de province
Ses frères et ses sœurs,
Qui par ordre du prince
Devinrent grands seigneurs !
3
qui fut bien pire,
les gens de cour,
rien dire,
tout le jour.
gnons leur destin,
une nous pique,
-la soudain !
BAC

Je sais maintenant pourquoi,
la grenouille
a ce reflet,
que le héron et la pie,
sont si justes en si peu de traits...
et qu'avec le piano, la voix c'est si beau...

Le soir, juste avant d'éteindre,
il promène son doigt
jauni par le tabac,
sur mes paupières,
celle du dessus, dessous,
longe mon nez,
contourne la narine,
un peu plus vite
pour effleurer lentement,
doux, très doux,
mes lèvres, mon cou...

Alors, je ferme les yeux...

Tout ça c'est à moi,

et c'est CHEZ LUI.

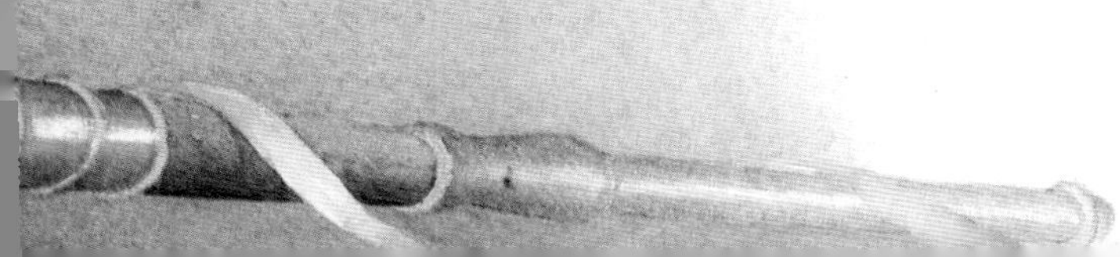

Des fois je me dis,
je me demande :

De ses mélodies, de ses couleurs,
surtout de sa douceur et de son odeur...
quand je serai grande... qu'est-ce qu'il m'en restera ?
Est-ce que ça fera partie de moi,
comme mes mains, mes doigts ???
de

chez elle,

j'aurai... je ne sais pas...

et peut-être que grâce à

EUX,

j'aimerai toujours regarder le ciel pâlir,
que j'ajouterai même en cuisant, du vin à la sauce du lapin...
mais de

Chez Elle

je ne veux rien ! et pourtant il se peut que... malgré moi...

enfin, on verra !